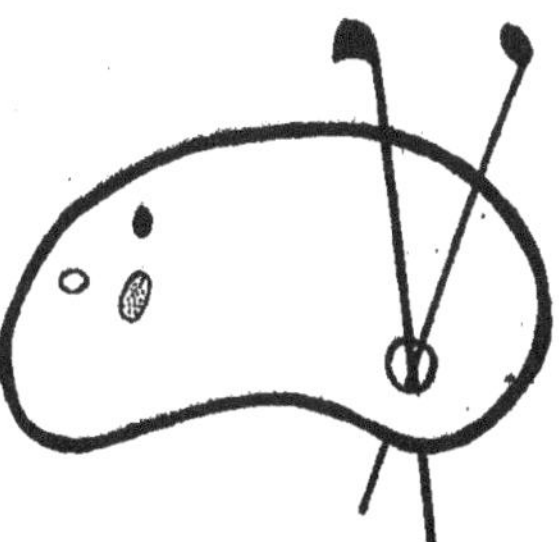

DEBUT D'UNE SERIE DE DOCUMENTS
EN COULEUR

COLLECTION DE M. B*** [...]

TABLEAUX

MODERNES

Vente le 4 Février 1858, à 2 heures précises.

EXPOSITION LE 3 FÉVRIER.

Me POUCHET, Commissaire-Priseur.

M. Francis PETIT, Expert.

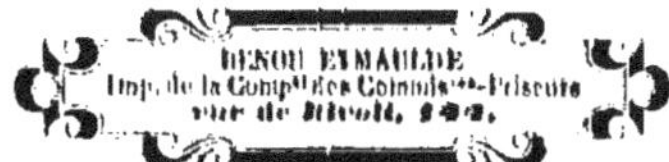
BENOU ET MAULDE
Imp. de la Comp.ᵉ des Commiss.-Priseurs
rue de Rivoli, 144.

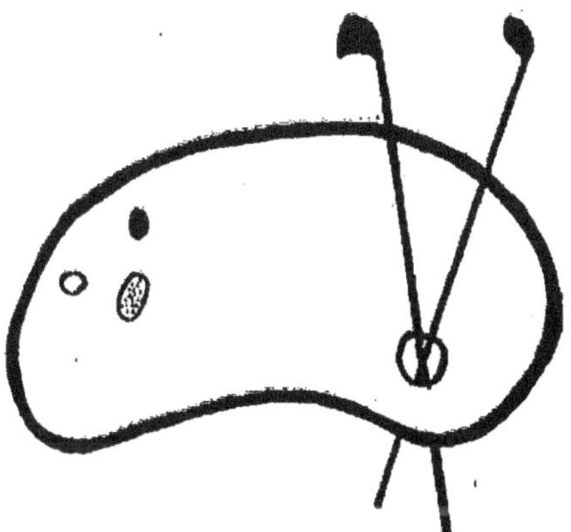

FIN D'UNE SÉRIE DE DOCUMENTS
EN COULEUR

CATALOGUE

DE

TABLEAUX

MODERNES

Composant la Collection de M. B***

DONT LA VENTE AURA LIEU

HOTEL DES COMMISSAIRES-PRISEURS

RUE DROUOT, N. 5

SALLE N° 5, AU 1ᵉʳ ÉTAGE

Le Jeudi 4 Février 1858, à 3 heures précises

Par le ministère de Mᵉ **A. POUCHET**, Commissaire-Priseur,
successeur de M. **RIDEL**, rue Saint-Honoré,

Assisté de M. Francis **PETIT**, Expert, Boulevart Poissonnière, 24.

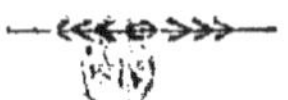

EXPOSITION PUBLIQUE

Le Mercredi 3 Février 1858, de midi à 5 heure

—

1858

CONDITIONS DE LA VENTE.

Elle sera faite au comptant.

Les acquéreurs payeront, en sus des adjudications, cinq centimes par franc applicables aux frais.

Le Catalogue se distribue:

A PARIS . . . . M. Pouchet.
— M. Petit.
A BRUXELLES . . . . M. Géruzet.
— M. Hollender.
A ROTTERDAM . . . . M. Lanne.
A LA HAYE . . . . M. Vangogh.
A AMSTERDAM . . . . De Vries.
A LONDRES . . . . M. Gambart.
A BERLIN . . . . M. Lepke.

DÉSIGNATION

DES TABLEAUX

BLIN

1 — Paysage.

Haut. 40 c.—Larg. 52 c.

BONVIN

2 —   Enfants de chœur.

Haut. 29 c.—Larg. 36 c.

CABAT

3 — Paysage.

Haut. 17 c. — Larg. 22 c.

CHAPLIN

4 — Le Déjeûner

Haut. 31 c. — Larg. 26 c.

CHAPLIN

5 — Première Leçon de Lecture.

Haut. 17 c. — Larg. 11 c.

COUDER (ALEXANDRE)

6 — La Marguerite effeuillée.

Haut. 54 c. — Larg. 42 c.

COUDER (ALEXANDRE)

7 — Intérieur. Nature morte.

Haut. 19 c.—Lar . 25 c.

DAUBIGNY

8 — Environs d'Optevoz.

Haut. 21 c.—Larg. 35 c.

DECAMPS

9 — Chasse au cerf. Effet du soir.

Haut. (c —Larg. 29 c.

DELACROIX (EUGÈNE)

10 — La Fiancée d'Abydos.

Haut. 35 c. I.

DELACROIX (EUGÈNE)

11 — Arabe et son cheval.

Haut. 85 c.—Larg. 27 c.

DIAZ

12 — Dessous de bois avec chiens.

Haut. 52 c.—Larg. 40 c.

DIAZ

13 — Forêt de Fontainebleau.

Haut. 32 c.—Larg. 25 c.

DUPRÉ (JULES)

14 — Paysage.

Haut. 23 c.—Larg. 17 c.

FORTIN

15 — L'Aveugle et sa fille.

Haut. 35 c.—Larg. 28 c.

FORTIN

16 — Un Fumeur breton.

Haut. 28 c.—Larg. 23 c.

FRÈRE (EDOUARD)

17 — La Toilette du dimanche.

Haut. 46 c.—Larg. 38 c

FRÈRE (EDOUARD)

18 — Les Miettes du gâteau.

Haut. 38 c.—Larg. 25 c.

FRÈRE (EDOUARD)

19 — Petit Balayeur. Effet de neige.

Haut. 18 c.—Larg. 23 c.

FRÈRE (EDOUARD)

20 — Paysan breton.

Haut. 18 c.—Larg. 22 c.

GEROME

21 — Pifferari.

Haut. 24 c.—Larg. 22 c.

GUILLEMIN

22 — Le Marchand d'images.

Haut. 47 c.—Larg. 55 c.

GUILLEMIN

23 — Intérieur. Béarnais.

Haut. 20 c.—Larg. 17 c.

HAMMAN

24 — La Consultation.

Haut. 23 c.—Larg. 17 c.

ISABEY (EUGÈNE)

25 — Charles IX dans l'atelier de son armurier.

Haut. 34 c.—Larg. 50 c.

ISABEY (EUGÈNE)

26 — L'Ouragan. Marine.

Haut. 47 c.—Larg. 66 c.

ISABEY (EUGÈNE)

27 — Port de Saint-Pol-de-Léon (Finistère).

Haut. 45 c.—Larg. 71 c.

JACQUE

28 — Intérieur de cour avec poules.

Haut. 46 c.—Larg. 37 c.

JACQUE

29 — Chevaux de maraîchers sous un hangar.

Haut. 17 c.—Larg. 27 c

JACQUE

30 — La Ferme à la Pingaule.

Haut. 17 c.—Larg. 21 c.

LAMBINET

31 — Dessous de bois à Ecouen.

Haut. 72 c.—Larg. 88 c.

LAMBINET

32 — Un Chemin à Écouen.

Haut. 40 c.—Larg. 60 c.

MEISSONIER

33 — La Visite du médecin.

Haut. 15 c.—Larg. 12 .

PLASSAN

34 — Les Fleurs.

Haut. 25 c. — Larg. 18 c.

PLASSAN

35 — Plage de Saint-Valéry.

Haut. 9 c.—Larg. 16 c.

ROBERT-FLEURY.

36 — Marie de Médicis recevant à Cologne la visite
de Rubens.

Haut. 45 c.—Larg. 60 c.

ROQUEPLAN

37 — Petite Chevrière.

Haut. 22 c.—Larg. 17 c.

ROQUEPLAN

38 — Paysage.

Haut. 16 c.—Larg. 22 c.

ROUSSEAU (PHILIPPE

39 — Chiens coupéls au chenil.

Haut. 23 c.—Larg. 32 c.

ROUSSEAU (PHILIPPE)

40 — Le Déjeûner, nature morte.

Haut. 25 c.—Larg. 83 c.

ROUSSEAU (PHILIPPE)

41 — Deux Chiens.

Haut. 11 c.—Larg. 10 c.

ROUSSEAU (THÉODORE)

42 — Environs de Barbison.

Haut. 33 c.—Larg. 51 c.

ROUSSEAU (THÉODORE)

43 -- Paysage. Le Pêcheur.

Haut. 22 c.—Larg. 37 c.

STEVENS (JOSEPH)

44 — Singe mangeant des cerises.

Haut. 11 c.—Larg. 19 c.

TASSAERT

45 — La Tentation.

Haut. 114 c.—Larg. 148 c.

TASSAERT

46 — La Mauvaise nouvelle.

Haut. 55 c.—Larg. 46 c.

TROYON

47 — Chevaux au labour.

Haut. 50 c. — Larg. 75 c.

TROYON

48 — Animaux au repos.

Haut. 44 c. — Larg. 59 c.

TROYON

94 — Vaches.

Haut. 29 c. — Larg. 43 c.

ZIEM

50 — Venise au soleil couchant.

Haut. 55 c. — Larg. 85 c.

RENOU ET MAULDE, imprimeurs de la compagnie des Commissaires-priseurs, rue de Rivoli, 144.　　7586

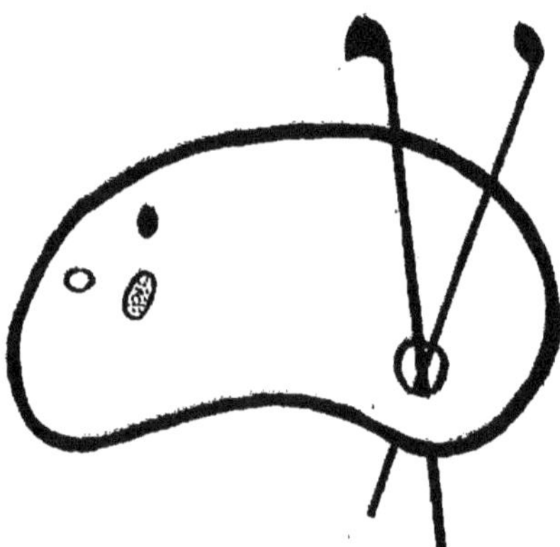

ORIGINAL EN COULEUR
N° Z 43-120-3